시처럼 음악처럼

시처럼 음악처럼

2026년 1월 23일 초판 1쇄 인쇄 발행

지은이　서화경
펴낸이　박종래
펴낸곳　도서출판 명성서림

등록번호　301-2014-013
주소　04625 서울시 중구 필동로 6 (2, 3층)
대표전화　02)2277-2800
팩스　02)2277-8945
이메일　msprint8944@naver.com

값 15,000원
ISBN 979-11-7439-078-3

시처럼 음악처럼

서화경 시집

도서출판 명성서림

2002년 11월 한국 현대 시가 음지에서 양지로 이동합니다.
"한국 현대 시가 홀로서기 가능한가?"
대구시인 서지월 선생님 추천으로 한국 시단의 중추 팀원
(오세영 이승훈 임영조 유안진 나태주 송수근 그 외 5명) 공
동주간으로 참여한 새로운 시 전문지 "시를 사랑하는 사람
들" 창간호로 추천 시 10편의 심사를 걸쳐서 등단 한지 어언
23년이 되었습니다.

그 후로 2~3년간은 작은 문예지 같은 곳에서 청탁이 들어오
면 글을 보내고 시 사사 월간지에도 시집 속에 시 읽기에 감
상문도 쓰곤 하였지요.

그러다 집안 사정으로 활동을 중단하고 글도 쓰지 못하고 지
내다가 손자를 보는 중에 며느리가 카스토리를 개설 해주며
사진과 글을 올려도 된다고 하여 첫 손자 태어난 순간의 사
진을 처음 올리기 시작하면서 하루의 일상도 쓰다 보니 시를
써서 나도 예쁜 시집 한 권 내야겠다는 생각이 들어서~~

그 후로 10년이 지난 지금에야 자연을 벗 삼아 눈으로 소통하고 감성을 담아 그 안에 사랑과 그리움 꿈과 희망을 꿈꾸는 "사계를 노래하는" 서정 시인으로서 첫 시집을 출간하게 되었습니다.

이글을 만나신 독자님분들께 감사한 마음 담아 전합니다.
무겁지 않고 가볍게 쓴 글이니 가벼운 마음으로 끝까지 읽어주시면 감사합니다.

끝으로 시집 내기까지 물심양면으로 힘이 되어준 우리 가족 모두와 형제자매 친인척 모두에게 고맙고 잊지 않겠습니다.

2025년 10월
사계를 노래하다! 서화정 시인

목차

2부

3부

목차

4부

1
부

시처럼 음악처럼

부지런한 새들의 지저귐
소리는 고요한 아침을 열어주네
내겐 고운 음악 소리로 들 린다

따사로운 봄 햇살
노크도 없이 창틈으로 스며들어
내 귀, 볼. 언저리에 머물러
간지러운 속삭임은 나의 아침 기상이다

맑고 화창한 하늘을
만났으니 구름 위를 걷는 듯한
마음은 풍선을 타고 올라 가슴 벅차다

나무마다 잎들 푸르러
싱그러움이 더해 빛이 나고
무지개 일곱 빛깔로 빗은 나의
하루가 아름답게 영글어 갈 때쯤이면

어쩌다 비가 와서
나뭇잎 비에 젖을 적엔 나뭇잎에
새겨 놓은 "시" 한편 같은 내 마음도
축축이 젖어 초록으로 물들어가네

늘 가는 길 한결같은
길이지만 때론 힘들고 외로울 때가
있고 뿌연 안개 속에서 주어진 하루일지라도

새롭게 밝아 오는
여명의 빛과 같은 거 내겐 희망이고 생명이다

그 선물 같은 하루
소중한 시간 속에 한 편의
시를 쓰듯 아름다운 음악의 선율을 타듯

그렇게 하루를 살아가리!
시처럼 음악처럼~~

4월의 기도

이 아름나운 4월의 봄날에
꽃처럼 화사한 웃음으로
살게 하여 주옵소서

온갖 꽃향기 그윽한 봄날에
마음의 평정심을 가지고
살아가게 하옵소서

벌 나비들 꽃을 보고 날아드는
달달 한 사랑 같은 봄날에
미움과 적게 심을 가졌던

이들과도 서로 양보하고
이해와 관용으로 사랑하며
살게 하여 주옵소서

삶이 아름답고 윤택하게 살아
지게 하소서

새들 짝을 지어 이 나무
저 나무를 오 가며 지저귐은
맑음의 소리가 있어 내게도

맑고 깨끗하고 아름다운 소리를 주소서

나 이아름다운 강산을
노래 부르리 부르리라~

연두색 봄이 오기를 기다리며

내 마음에는 이미
봄이 오고 있음을 어이 하려나

저 언덕 너머 햇살
따스하게 내리는 저곳에도 이미
봄이 오고 있음을

울 엄니 곱게 차려
입은 연두색 치마 끝 날리듯 봄의
씨앗 뿌려 놓은 대지 위

이곳저곳에서 싹이
돋아나 만물이 소생하는 힘찬 봄

따스한 봄 햇살 가득 끌어
앉은 양지뜸에 내 어머니 품속 같은
포근한 봄을 기다리네

나의 마음은 이미
이맘 저 마음으로 소식 전하는 연두색 봄이던가

비가 와서

비가 와서
나무가 젖고 산이 젖는다

온 대지가 젖고
하루가 젖는다

비가 와서
내 마음이 젖고 일상이 젖는다

비가 와서
오늘은 왠지 울적한 마음에
그대 그리움에 젖어든다

따뜻한 차 한 잔의 여유를
그대와 함께 하고픔이다

비가 와서

바람의 시샘

산이 술렁이네!

나무들 연 연두색으로
우거진 깊은 산속에 세찬
바람이 길 없는 길을 내려 하네

나무들 오랜 세월 사는
땅속 깊이 뿌리내려 흔들림
없는 삶 속에서

몇 번이나 헤어나오려 갈등의
몸부림을 쳤는가?
너의 마음이 나의 마음인가?

바람과 함께 따라나서려 한다네!
거칠게 마음 흔들리는 나무들의
반란으로 산이 술렁이네!

덩달아! 내 마음 둘 곳 없어!

산이 있어 나무가 있고
나무가 있어 산이 어울려
숲을 이루고 사는 그들에게

오늘 찬 바람은 동침을 금하려 하네!

움직임 없는 거대한 산을
송두리째 쓸어 버리려
술렁이는 숲의 물결 따라

파도를 타고 여기저기 요동
치는 바람 소리 요란하다
이 거세고 차가운 바람은 왜일까?

봄을 시샘하는 꽃샘추위 같아라!

찔레꽃에 마음 주다

산 뻐꾸기 우는 날
어느 산모퉁이
한 귀퉁이 돌아 않아
홀로 피어난 찔레꽃 청순하다

그의 향기는 화려하여
지나가는 길손들의 발길
멈추게 하네

고향의 향수 같아
나의 발길도 멈추고
마음 담아 널 바라보는 내 마음
애달프다

내 마음은 이미
너의 고운 자태에 반해
한 마리 나비가 되어
날고 있구나

청초한 찔레꽃
널 바라보며
부모 형제자매 옛 동무들의 얼굴
떠올리며

옛 추억 속의 파노라마는
한 편의 영화처럼
그 후로도 오래도록 너의 향기에
취하고 있구나

눈부시도록
고운 너의 모습 쉬 시들지 말고
오래도록 내 마음 내 기억 속에
남아 주기를~~~

유월 그리고 하루 그대 그리고 나!

녹음이 짙어 가고
싱그러움이 더 하는 유월

햇살이 따사롭게
하루를 펼쳐 놓았습니다

부지런한 새들의
지저귐으로 잠에서 깨어나
하루를 열어 봅니다

그 하루 속에
그대 있어 함께 합니다

그대 곁에서 그대만
바라보고 그대만 생각합니다

동녘에 해가 떠서
서녘에 노을이 질 때까지
그대만 그리워합니다

아침에 눈을 뜨면
어김없이 마주한 하루와
함께합니다

오늘 하루도 나
그대와 함께하고 품입니다

화마火魔

삭은 불씨 하나가 혼 산천을 태워
검은 그림자로 만든 불씨!

대수롭지 않게 생각했던 불똥이
화(火)가 나면 쇠도 녹인다 순간
걷잡을 수 없는 상황에 속수무책으로
당해야 하는 성난 화마火魔

무서운 그가 쓸고 간 자리엔 많은
인명피해와 재산 손실은 물론 우리가
아끼는 유구한 역사를 담은 문화유산
고찰들을 붉은 혀를 내어 서슴없이 핥아가고

오랜 세월 눈보라 치고 비바람 천둥
번개 쳐도 견디고 이겨내어 우리에게
숨 쉬며 제대로 살아갈 수 있도록 맑은
산소를 만들어 주는 청솔나무 비롯한 무수한 나무들

산에 사는 짐승들과 집에서
기르는 소 돼지 등 가축들은 무슨 죄가 있어서

사람들의 부주의로 일어난 크나큰 산불 화재로
무차별하게 잃어야 하는지!?

우리 모두 하나 되어 두 번 다시
이런 불상사가 일어나지 않도록
조심 또 조심 불조심해서 이 나라의
이 강토를 지키며 살아야 하며

작은 불씨 하나라도 키우지 말자!

불길 잡으려고 헌신하다
억울하게 생명을 잃은 젊은 청춘들의 넋,
소리도 몸부림도 한번 쳐 보지 못하고
뜨거운 불길에 숨진 이들의 넋을 기리며~~

비가 많이 와서 저 화마火魔 잠재우기를 빌어 보네

실록 축제

거꾸로 누워
햇살 속에 물결치는
무수한 잎들의 빛을 보라
그늘의 두께로 알 수 없는 강이 흐르네

잎은 숲을 만들고
숲은 잎을 만드는
서로의 교감이 흐르는 저
현란한 잔치에 초대되어 날고 싶지 않은지!?

바람은 가지마다
파도가 되어 춤을
추고 잎은 가지를 흔들고
가지는 잎을 잡고 흔들어도 여린 것 같지만

그들은 한 번도 넘어져 본적이
없다 서로에게 기대어 잘 지내고 있다

하루도 거르지 않고
수액의 물줄기 나르는
깊은 뿌리들 수십 년 흘려도
그곳에 초대되어 보지 못한 먼 데서 오신 손님처럼

낮 설기만 한데
때론 떨리는 팔 흔들며
손짓하는 그들만의 세계로 나는 한 마리 새 되어 날고 싶다

한여름 밤의 멜로디

녹음이 우거진 숲에선
지금 무슨 일이 일어나고 있는가요!?

비에 축축이 젖은 산이 우중 타!

높은 곳에서
낮은 곳으로 흘러가는

산 계곡에 흐르는
심장의 물소리에 맞추어
작은 풀 벌레들 우는소리는

한 여름밤의 멜로디!
외로워서 너무 외로워서
눈물이나

풀벌레들 밤새 구애를 하네

초저녁 잠들었다
한밤에 깨어난 나와는 다르게

깊은 밤
높은 곳에서 졸고 있는
초승달은 나의 사랑임만 같아라

어찌하여 나 깨우지 못하고
기다린 그대는 내 사랑인가요!?

들려오는 여름밤의
멜로디에 맞추어
나는 지금 노랫말 가사를 쓰고 있다

아! 나는 한 여름밤의 시를 쓰고 있네

에메랄드빛 고운 바다

에메랄드 고운 빛을 안고
넘실거리는 바다 너는

시리도록 푸른 하늘을
담았구나

그 크나큰 하늘을 품을 수 있는
너의 그 큰 가슴과 큰
마음에 메로 되어 내 마음

송두리째 너에게 주었구나

나도 너처럼 그런 빛이 되고 싶다
영롱한 그 고운 빛으로
큰마음으로

이 땅 위에 모든 슬픔과 아픔을
보듬어 안아 주고 싶구나

영원불면 하지는 않아도
수명이 139억 년 우주를
내가 감히 담아 보고 싶구나

너처럼 크나큰 가슴으로

뻐꾸기 울음소리

뻐꾹 뻐꾹 뻐꾹
해 질 녘 뻐꾸기 울음소리에
옛 시절 그립다

뻐꾹 뻐꾹 뻐꾹
뻐꾸기 우는소리에

어머님의 다듬질 소리 멈추네
손 놓으시고 저녁밥을 짓는다

동구 밖 동무들과 술래놀이
고무줄놀이에 정신없는데

저녁밥 먹으러 오라시는
어머님의 부름 같아 정겹다
잠시 그때 그 시절이 그립네

여름날 해 질 녘
뻐꾹 뻐꾹 뻐꾹

산 뻐꾸기 슬피 울더니
해는 서산 노을로 물들어가고

산 그림자 짙게 깔린 어두움
만이 내 유년 시절을 끌고 와
묻어 두려 하네

초가을에 부는 바람

뜨겁던 여름이 떠나간
빈자리로 스며든 초가을

엷디엷은 바람이
나뭇가지를 스치고
작은 풀잎들 스치며

바람은 초가을을 흔들고 있네

창을 열면 풋풋한
풀 내음이 코끝으로
스며들어 황홀하다

바람에 스치는
풍경 소리는 심신의 안정이 오고

살결을 부드럽게 스치고
사랑스럽게 다가온 너는
보고 푼 어머님의 손결인 듯

가슴 속까지 파고드는
시원한 그 바람 너는
그리운 임 그대의 숨결인 듯!

달콤하고 시원한 청량 수
같은 고마운 너는 어디서 온 바람이더냐

한여름의 뜨거웠던
열정을 달래주는 정년 너는
초가을에 부는 바람이던가?

가을 노을 물들다

가을날
낮이 짧아지고 밤이 길어져
오래 머무르지 못하고 서둘러
지는 해 보다가
노을에 물든 내 마음

몽롱한 빛으로 하늘이 물들어
서녘 하늘 노을빛 저토록 고울 수가

희열과 감동의 쓰나미로
가슴은 벅차고 요동치게 하는 노을

아침에 뜨는 햇살이 아무리 눈이 부셔도
하늘을 붉게 물들이며 지는
가을 노을만큼 고울 수가 있을지

아침 햇살처럼
찬란한 청춘으로 빛나게 살다가
아름답게 물들이고 지는 노을

우리네 인생도
그처럼 저물어 가기를

산구절초

산기슭 풀밭
저 홀로 피어난 산구절초
수철리길에 향기를 뿜어내 주네

어쩌다 지나가던
가을 타는 여인의 발걸음을
멈추게 하네

낮술 한잔한 듯
찐한 구절초 향기에 취한 여인!
황홀경에 이르러 사경을 헤 메이네

구월의 가을날
땅속을 파고드는 산 구절초
꽃잎에 물든 여인을 감싸 안고
꽃씨를 뿌리며 한낮의 밀애를 하네

유 유 자작 흐르는 구름이 지나며
여인네 뽀얀 속살 보일까 봐!
뭉게구름 한 소쿠리로 가려주네

첫눈이 오면

눈꽃 되어 펑펑 내리는
첫눈이 오면

사랑하는 이여 그대 오시려나

첫눈이 오면
설레 임으로 벅찬 가슴 뛰는

나의 마음이
그대 마음이기도 한가요!?

솜사탕처럼 사르르
녹아내리는 첫눈이 오면
그대 향한 내 마음 젖어 웁니다

사랑하는 이여!
첫사랑처럼 달콤한 사랑 가득
품은
그대 마음 주고 가오

첫눈이 오면
곱게 내려 쌓인 눈길

별처럼 반짝이는 그 고운 길
그대 나와 함께 걸어 보아요

나! 첫사랑처럼 풋풋한 첫눈을
기다려요

나의 겨울 시작

가을벌레 먹다 남은
나뭇잎 하나 툭 떨어져
아름다움으로 보이고 싶은
떡갈나무잎

온종일 길거리를 헤매어도
누구 하나 돌아봐 주지 않네

찬 겨울바람에 떨고 있는 널
예쁘다 하고 주워 만나는 날부터
나의 겨울 시작이다

지난겨울
하얀 눈 위에 새겨 놓은
그대와 나의 사연일랑
하얀 그리움으로 묻어둔 채

나의 겨울 시작은
떨림과 설렘으로 다가오네

2
부

설경

눈 쌓인 산천이 떨고 있다
숨 멎을 듯 순백에 고립되어
무언의 세계에 들어서서

한동안 그렇게 하나의
발자국 남기지 않은 온전히
흰 눈으로 쌓여 고요하다

바람도 와서 멈추는 설경은
가히 경이롭구나!

벌거벗은 나무에는 옷을 입히고
꽃 피우던 빈 나뭇가지
마다 눈꽃 피우더니

천년을 살아 푸르고 푸른
청솔 솔잎 사이사이
하얀 떡가루 뿌려 놓은 듯

백설기 시루 같아 무겁기만 하구나!

온 천지가 흰 눈으로
쌓여서 설경이라 했던가!?

벌거벗은 나무마다
겨울옷 입히고 가지마다
눈꽃 피우는 것 만이 설경이던가

뜻하지 않은 눈이 내려
어지럽고 더러워진 대지가
미궁 속으로 사라지고

백옥같이 깨끗한 세상으로
바뀌어 아름다운 설경이어라!

흰 눈으로 가려진 설국 왕국이로세!

겨울 노 목

헐벗은 나무들 고통이 있고
아픔이 있어 추위에 떨고 있다

겨울 세찬 바람이 불어 스치면
아픔의 소리를 내고

자연의 울부짖은 소리 잉잉 잉
울어 흔들리네

눈 오면 눈 맞고 비 오면 비 맞으며
노 목으로 늙어가누나

이제는 가야지 가야지 하면서도
가지 못하는 겨울 노 목

작은 바람에도 심장인 뿌리가
흔들리며 추운 겨울을 견디어 내는

널 난 한번 안아 주고 싶구나

그래 아픔 없는 삶이 어디 있으랴
너와 내가 다를 게 뭐가 있더냐

세월 앞에 비켜 갈 수 없는 것을
다음 해 봄을 기약하리

넌 또다시 가슴 뛰며 새로운 생명의
싹을 틔우리라

한 송이 꽃과 나

한 송이 꽃을 피우기 위하여
잎만 무성한 널 들여다보며
수 없이 되뇌었지

제발 꽃 한 송이 피워주라!

실시간으로 햇빛 드는 곳 따라 이동해 주며
먼지 앉은 잎 호호 불어 주고 작지도 크지도 않은 화분을
이리저리 들고 다니며 간절히 원하고 소망했다

제발 꽃 한 송이 피워주라!

밤이면 춥지는 않을지 내 옆에 두고
아침이면 햇살이 드는 창가에 두기를
추운 겨울이 지나고 그렇게 봄도
지나 여름이 오는 유월 어느 날!
새잎만 올라오던 그 자리에 잎이 아닌
그렇게 바라던 꽃망울을 볼 수 있었다

그것은 너와 내가 이루어낸
기적 같은 환희와 희열이란다

그래 너는 나의 바람을 듣고 있었구나
그것도 새끼 꽃망울을 달고 나왔네

그렇게 또 임신한 임산부 다르듯
금이야! 옥이야! 정성 들여서
열흘 동안 인고의 시간을 거쳐
피워낸 한 송이 꽃은
당당하게 그 고운 자태를 품어 냈다

너 만남의 기쁨과 감동의 물결이
벅차올라 눈물이 나기도 전에
너와의 이별을 생각하게 되네

나는 널 얼마 동안 볼 수 있을까?

二月

1년 열두 날 중 가장 작은 달
허지만 그 안에는 봄이
시작되는 입춘과
정월 대보름이 들어 있지요
이월의 날씨에 김치 독이 터진다 하지요

허지만 겨울 내 추위에 떨던
나뭇가지 마다 꽃 망 우리가
움을 틔우지요

급한 마음에 꽃을 활짝 피우는
녀석들도 있지요

이월의 바람에 검은 쇠 뿔이 오 그라
진다 하지요

허지만 정월 대 보름 달에
소원 빌어 몸과 마음 펴고

꿈을 크게 한번 꾸어 보는
달이기도 하지요

입춘 추위는 꾸어서 해도 한다 하지요
움츠리고 있던 꽃망울이
활짝 피어나는 따뜻한
봄을 데려다 주리라 믿어요

이월이~~

삼월의 봄

봄이여!
싹이 나서 잎이 났네
소녀의 입술처럼 여린 것 같아

내 너를 보듬어 주고파라 봄이여!

겨울 매서운 바람 뒤에
숨어 피어난 꽃망울 망울
꼰지라 울 정도로 귀여워라!

사랑스러운 나의 연인 같아
내 너를 포근히 안아 주고 싶어라
봄이여!

키 큰 나무에 핀 목련화
햇빛 받아 빛나다 두둥실
하늘에 떠다니는 구름 같아 자유롭구나

덩달아 나도 자유롭고 파라 봄이여!

들리는가?
새 생명 태어나는 반란의 소리
살아 숨 쉬는 생동감 넘치는 희망의 소리를

아 삼월의 봄이여!

흙과 사람들 이야기

붉은 황토 황 양한 들판에 누워
간간이 지나는 하늘 위 구름
잡고 누군가를 기다리고 있다

농촌 사람들의 부지런한 움직임에
갈고 메고 한 큰 노고에 척박한 땅은
윤택하고 질 좋은 토지로 만들어서
온갖 작물들의 씨앗을 뿌리고

각가지의 채소들을 모종을 심었더니

아니! 이게 어떻게 된 일입니까?
나는 무엇을 어떻게 보고 있는지
눈을 뗄 수가 없다

저토록 곱고 질 좋은 황토 위에
초록 초록하게 물감으로 색칠을 하고
황금밭에 보석을 심어 놓은 듯하다

빛이 나는 채소들을 빚어낸 농가
사람들 도대체 무슨 요술을 부렸답니까?

예술이 따로 있던가요
이 또한 예술입니다

지나가는 비바람과 따사로운 햇살은
덤으로 받아 거름이 되어 줄기마다
영양이 풍부하여 힘차게 잘 자라고 있다

그 맛은 어떨까!? 나도 먹어 볼 수 있을까!

흙과 사람들이 합작품으로 일궈낸
농작물들이 자연의 피해가 없기를
우리의 식탁 위에 오르기까지 말입니다

겨울밤에 뜬 초승달

칠흑같이 어두운 겨울밤 시린
하늘 위 초승달 홀로 이 외롭다

밤이면 밤마다 햇살 대신
창공에 홀로 자신의 몸에서 품어

내는 빛으로 어둠을 밝혀주는
네가 고마운 난 잠 못 이루네

오늘 밤 넌 참 많이 야위었구나!

한 달이면 보름은 비워내고
보름을 채워 가는 넌 세월이더냐?

어떠한 이유이든 비울 줄
알고 채워 갈 줄 아는 너에게 난
많이 배우고 있구나

화엄사의 흑 매화

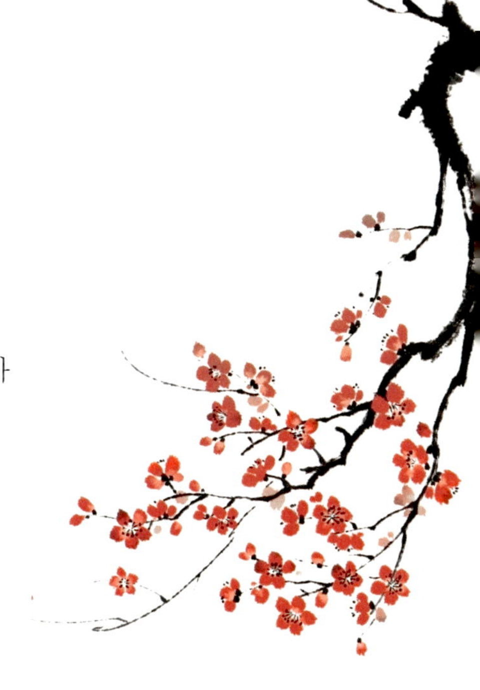

화엄사 각황전 한
귀퉁이에 숨어 천 년을 살아

유구한 역사 담았네

인고의 세월 쌓이고 쌓여
검붉은 색을 띄운 흑 매화
춘삼월에 피어나

그 빛 천상에 닿을 듯하다

고귀한 자태가 품어내는
은은한 향기로 가득한 사찰
춘심을 설레게 하네

섬세하고도 고운 흑 매화

혼기를 앞둔 과년한 규수 댁
아리따운 처자의 모습처럼
곱고 화려하여

누각의 풍경 소리 마 져
숨 멋은 듯 고요하다

꽃잎에 새겨진 그리움

나른한 봄 햇살
수 물 수 물 쓸고 간 양지 틈
꽃 한 송이

인고의 세월 애 달다 하여 핀
한 송이 꽃

무엇이 그리 급하여
이생에 못다 피우고 서둘려
져버렸는가?

내 평생 밟아도
잡지 못하는 그림자만 남겨두고
떠나간 너의 모습인가?

아련하게 떠 올라
바람 불어 꽃잎 흩날리는 사월이 오면

꽃잎에 그려진 너의 모습일까?

그립다 그리워

꽃잎에 새겨진 그리움

벚꽃 활짝 피어 작은 미풍에도

흩날리는 사월의 봄날에

꽃잎 따라 훨훨 가버린 널

가슴으로 보내고 가슴으로 울었네

꽃잎 날리는 사월이 오면

널 그리네

네가 보고 싶어

넌 어떻고 너의 그곳은 어떠하니?

※ 먼저 간 남동생 기일을 기리며 ..

오월의 약속

오월!
산천은 초록으로 물들어
숲을 이루니 우리들의
젊은 날인 듯 기운차다

푸 두 득!
산비둘기 쓸고 간
빈자리에 불현듯 떠오르는

옛 기억 저편

푸르름이 더 한 청춘 같은
우리들의 봄날 오월!

푸르름으로 짙어 오래도록
힘찬 젊음으로 살자고

찔레꽃 향기 그윽한 날!

어느 햇살 드는 언덕에 앉아
희망과 꿈을 나누며 행복한
미래를 꿈꾸었지

아주 작고 소박한 꿈을
이루어 가자고

너와 나는 약속을 했었지

동무야!
너도 기억나는지!?
아주 여리고 어린 두 소녀의 약속을

친구야!
너는 지키고 사는지!?
우리의 그 싱그러운 오월의 약속을

오월은 우리들의 젊은 날!

나이 탓인가요!? 계절 탓인가요!?

전에 없는 이상한 현상
바람만 불어도 눈물이 나요

나이 탓인가요!?

황사와 미세먼지가 극심한
날씨 탓이겠지!

마음에 와닿은 가사에 감상적인
가수들의 노래만 들어도
눈물이 나요

나이 탓인가요!?
계절 탓인가요!?

맑고 화창한 날 눈부시게
시리도록 푸른 하늘 바라보다

다시는 돌아올 수 없는
멀고도 먼 길 하늘나라로 나 보다

먼저 가신 그리운 부모 형제가
보고 싶은 탓이겠지!

온갖 봄꽃들의 찐한 향기에도
눈물이 나요

계절 탓인가요!?

벌 나비들 꽃을 찾아 날아드는데
내가 기다리는 그는 오지를 않아
내가 안쓰러워!

외로운 나의 마음 탓이겠지!

푸르른 날에

저 멀리서 맑고 고운 새 소리가
우주를 담은 천상의 음률을 타네

눈이 부시게 빛나는 날
더욱더 푸르른 날에

접 동 새 푸른 숲에서 울면 빨간
산딸기 익어 간다네

산딸기 저 홀로 익은 것이 아니라네
접 동 새 목이 터져 흘린
피로 익은 거라네

진달래꽃도 그러하다네
그렇게 붉은 거라네

슬피 울다 흘린 피가
꽃이 되어 피고
그 꽃 두견화라고 하네

어찌하여 그토록 울음 울어
천상의 소리를 내어 우는가!

혼기를 앞둔 과년한 처녀가
서모의 학대로 견디지 못해
불쌍하게도 죽었다네

죽어서 새塞로 환생하여
접 동 새 되었다네

가슴 시린 사연을 안고 사는
접 동 새 깊고 깊은 숲 높은 나무에
숨어 슬피 우누나

접 동 새야! 접 동 새야!

네가 울어서 꽃이 되고
네가 울어서 노래가 되었다네
눈이 부시게 푸르른 날에

빗속의 연가

꽃잎에 나뭇잎에
투득 툭 떨어지는
둔 탁 한 저음의 빗소리

온몸으로 받아드리는 나무들
젖은 옷 무릎까지 둥둥 걷어 올려
무심히 빗속을 걷는다

고요히 내리는
빗속 저편 나무 숲속에서
들려 오는 청아한 새 소리에
빗소리 잠잠하다

세속의 번뇌 고스란히
받아드리며 젖은 몸 떨고 있는
나무들을 위한 노래인가?

어찌 저리 오래도록 우짖어
대는가!

빗줄기 중저음의 소리는
첼로 현악기가 되어주고

한 옥타브 높여 우는 새소리
곱고 고운 어느 소프라노의
빗속의 연가 같아라

맑고 고운 청아한 소리에
밤이 새도록 내 마음 젖어

빗줄기 되어 흘려내리네!

포 말이 씻어준 해변을 걷는다

거품 물고 달려오는 파도 소리

잦아드는 포 말의 소리가 있는
아름다운 해변을 걷는다

파도에 부서지는 작은 알갱이들
도란도란 이야기 소리 정겹다

아주 오래된 옛이야기 인양
그리움으로 내 귓가에 와 맴도네

먼 기억 저편 수평선 저 너머에
누군가 기다리고 있는 듯

나의 발걸음을 재촉하네

희미하게 떠 올라
옛사람 그림자 밟아 보려

은빛 물결 따라
끌려가고 있는 마음이 아련하여

저 평원 한 바다 위에 던져 놓은
내 마음

잔잔한 파도가 주는
울림으로 치유 받는다

작고 예쁜 모래알들
걸음마다 사각사각 따라 다니며
나의 발목을 잡는다

마음 씻어주는 은빛으로 물드는 바다

내걸어 온 길 뒤 돌아보면
나의 무거운 발자취가 지워져 간다네

장마

비에 짖은 하루하루가
몇 날 며칠이던가

이젠 마음 마 져 축축이 젖어 간다네

비바람!
폭풍같이 밀려오는
거센 숨결과 입김은 밤마다
나를 당황하게 하고

하늘 찢어져 가라 분노하는
광기 어린 천둥 번개를 동반하여
두려움에 떨게 하네

장마!
매년 이맘때면 오는 불청객

그가 지나간 자리마다
깊게 파인 상처가 너무 커

미련도 아쉬움도 없다

갈려거든 그냥 가지!
모진 쓰나미처럼 소중한 생명과
재난을 쓸고 간 시간은 늘 가슴을 저리게 하네

그치지 않은 비 울음은
개천을 넘어 강줄기
강줄기 따라 흘러 바다에 이르러

끝내 표류 되고 말 것을~~

8월의 기도문

저! 작열한 태양의 뜨거운 열기에
과실들과 열매들 충실하고 알차게
익어가게 하여주어!

우리 모두 손쉽게 먹을 수 있기를~~

저! 욕망으로 불타는 수컷의 매미들
구애의 애절한 아우성을 듣고 있는지!?

암컷들이여! 저들을 잠들게 하라
귀담아서 들어 주어!

짧은 생을 아름답게 보낼 수 있기를~~

저! 짙은 초록으로 꽉 채운 찜통 같은
숲속을 가끔 바람 불어 순환하게 하여
나무들 숨통을 열어주어!

나무에서 뿜어져 나오는 피스톤과 질 좋은
산소를 우리에게 원활하게 줄 수 있기를~~

머지않아 가을이 오면 입었던 옷가지들
훌훌 벗어 던지는 나무들처럼

욕심으로 짐 짊어진 무게를
힘들어하지 말고 지난 것에 연연하여
애태우지 말며 마음을 비우게 하여

모든 것 내려놓고 새털처럼 가볍게
살게 해주기를~~

거짓 없는 청량 수 같은 맑음으로
살게 하고 마음도 몸도 건강하여
이 무더운 여름을 견디고 이겨 낼 수 있기를~~

유년 시절의 향수

길가 흐드러지게 피어난
들국화 향기가 가을을 부르네

지나가는 소슬한 바람에도 가을이

그리움이 물들어가는
내 마음에도 가을이 왔나 보다

꿈 많았던 아름답고 순수했던
그리운 나의 유년 시절

산 굽이굽이 돌고 돌아가다 보면
익숙한 풍경 넘어 빛바랜 기억들
내 유년의 시절이 그려지네

일곱 빛깔 무지개 뜨는 언덕에 올라
미래의 꿈을 꾸며 아름다운 사랑도

그리며 떠나는 시간 여행을 하던
그때가 아름다웠네!

저녁노을 질 때면 굴뚝에 보리 짚단
태우는 연기 내음이 좋았네!

저녁밥 지으시는 어머니가
계셔서 좋았네!

형제자매 온 가족이 옹기종기 모여
밥과 함께 따뜻한 정도 함께 먹으며
저녁노을에 오손도손 물들어가던 그때가 그리워라!

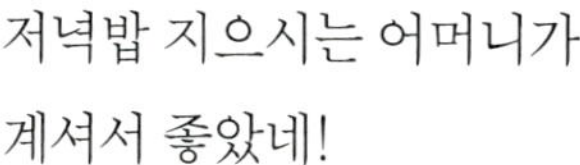

벼 익는 내음 짙어 가는 내 고향이
그리워서!
내 유년 시절의 향수를 그리며
지금도 나는 고향의 향수병 앓이 중!

3
부

가을이 오면

가을이 오면
나는 그리워할 테요
가을
그리움으로 가득합니다

가을은
지나가는 바람에도
그리움이 묻어옵니다

맑고 높은 가을 하늘에
떠다니는 구름에도
그리움이 흐릅니다

어느 가을날
따뜻한 차 한 잔을 마주하며
책장을 넘기다 고이 끼워둔
네잎클로버 잎 단풍잎들이
빛바랜 추억이 되어 우르르
쏟아지는 그리움

국화꽃 향기 그윽한
가을이 오면
그 또한 그대 그리움입니다

나뭇잎 곱게 물들어가는
가을이 오면
그대 그리움이 산처럼 쌓여만 갑니다

가을이 오면
나는 그대 닮은 사랑을 할 테요

강아지풀

흰 구름 한가롭게 노니는
노을이 지는 가을 하늘 아래
강아지풀

벼 익어 가는 논둑에
저도 벼 인양 고개 숙인 채
지는 해 끌어안고
홀로 서 있는 강아지풀

너를 보고 있으면
그 옛날
그 시절의 옛사람들 그립구나

강아지풀
너와 함께 있으면
내 어머님 곁에 계시는 듯하다

메뚜기 잡으려 다니시던
울 어머니!

어머님의 소소한 일상들
작은 대나무 소쿠리 안에 가득히 담는다

강아지풀
너를 보고 있으면
고향의 향수가 그려져
그리워서 사무치게 그리워라!

그리움 가득 안은 채
서녘 하늘빛 고운 저녁노을에
붉게 물들어가네

오라버니

임이신가요? 오라버니!
거의 매일 저녁이면 전화를
걸어 저녁밥은 먹었느냐고?
물으시면 전 네 한 숟가락 정도요

무얼 먹었는가?
그걸 먹고 되느냐고
왜? 두 숟가락 먹지!? 농담도
하시면서 안부를 물어보시곤 하시는

오라버니! 님이신가요!

걱정도 해주시는 울 오라버니!
어느 임 어느 누가 이토록 애 뜻 한
마음으로 관심을 가지시고 걱정해 주실까요

나도 여쭈어본다네!
오라버니 식사는 많이 드셨는지?
무얼 드셨는지 잠은 잘 주무시는지요?

안 넘어가서 밥맛이 없어서 많이 못
드시고 잠은 저 멀리 달아나신 듯
안 온 다 하셔서 연세가 있으셔서

그러니 하여도 내 마음은 편치가 않다

매년 뵐 때마다
수척해지신 얼굴 머리는 쉬어 하얗게
서리 내린 그 모습에서 돌아가신
아버님을 볼 수가 있어 만감 교차하였다

부모님 같으신 울 오라버니!
보고 싶다 하시며 한번 다녀가라 하시네
나 죽고 난 뒤에 오려나 시집은 언제 내려 하나
나 죽고 난 후에 낼 거냐?

마음이 조급해지시는가 애들처럼 보체기도 하셨다
오라버니! 약한 마음 갖지 마세요
서로가 서로에게 등불이 되어주시는
올케언니와 함께 백 년 회로 하시옵고

예전처럼 우리 형제자매 만나서 크게 한번
웃어 볼 날이 오기를 기원합니다
부디 아프지 마시고 오래오래 건강하시기를요
울 오라버니!

저녁노을

낮 동안
뜨겁게 달구던 하루해가 기울어
검붉은 열기를 토해 내!

서녁 하늘 붉게 물들이다

저 열정과 정열이 불타는
저녁 노을빛 속으로
서서히 끌리어 가듯 젖어 들다

나의 하루가 물들어가누나!

지는 해 저토록 아름다운걸!
우리 내 인생도 그와 같은 거
아닌가!?

어느 누가 늙으면 추하다 했던가?

내 인생의 황혼이 오면
저 아름다운 저녁노을처럼

내 인생 뒤 안 길!
아름답게 물들어가리라~~~

그대여야만 해요

바람이 지나는 길 가
문득 그리운 이의 얼굴 그려져
무심히 그려보는 그 얼굴

그대여야만 해요

가을바람에 실려 내게 올이 있다면
호탕한 웃음이 가을 향기에 묻어나
아름다운 그대 그리운 그 모습

그대여야만 해요

내게 그립다고 하는 이 있다면
다정하고 부드러운 그 목소리

그대여야만 해요

내게 살포시 안아주며 사랑해
라고 고백하는 이 있다면
진실한 그 아름다운 사랑

그대여야만 해요
나 그대 사모하며 그리워하기에

그땐 몰랐었네

아스라이 떠 오르는
기억 저편에 나의
젊은 날들 어찌 보냈을까?

앨범 속에 사진을 보며
옛 추억들을 소환해 떠 올려 본다네

여리고 어린 나이에
결혼해서 딸 아들 두 자녀를 둔
순진무구한 청춘이고 철없던 시절

삶이 무엇인지?
난 몰랐네!

사랑이 무엇인지?
난 몰랐어!

돈이 무엇인지?
난 몰랐었네!

욕심 없는 그때 그 시절이 있었네!

근심 걱정 모르고 살았던 그때가
아무것도 몰랐던 그 시절이 좋았네!

달도 기울고 해도 바뀌어 그렇게
많은 세월은 유수와 같이 흘러
곰삭은 듯 무르익은 묵은지 같은
찐한 삶을 알게 되었고

인생의 단맛 짠맛을 겪고 난 후에야
지금 난 철이 들어서 그때 그 시절을
회상하며 되돌아본다네!

고양이와 가방

어느 가을날
벼가 익어 고개 숙이는
황금빛 물결이 드는 시골 길가

주인 없는 가방 하나
누런 황금색을 하고 오곡과 잘 익어
가는 과실들이 풍성한 가을을 무겁도록

가득히 안고 누워
주인을 한참을 기다리고 있을 즈음
그의 곁으로 은근슬쩍 다가온 그 또한
주인 없는 황금색 길고양이 한 마리

왜?
여기서 혼자 누워있어?
길고양이는 묻는다

이모저모 살피어 보다
묵묵히 주인 오기만 기다리는 가방 곁에서
함께 기다려주는 그 모습은 단풍 곱게 물들고

먹거리가 많은 이 아름다운
가을 끝에서 본 풍경 중에 가장 잘 어울리며
최고로 빛나는 아름다운 동행 이여라!

궁금하지 않다
가방 주인이 누구인지
가방 안에는 무엇이 들어 있는지를

당연히 주인의
소소한 일상에서 꿈꾸는
소망들과 행복들로 가득할 것이며

주인은 이 늦은
가을에 잘 어울리는 멋지고
아름다운 중년의 향기가 나는 이일 것이다

가을비 우산 속에

가을비!
밤새 네가 와서 창을 두드려
이른 새벽 단잠을 깨우네

유순한 초가을 비!
이른 새벽 운동길 따라와 나의
발 등을 적시네

축축이 젖은 길
맨발로 빗물 위를 걷는다

가을비 우산속에
달콤한 사랑비 되어 내리다

촉촉이 발바닥에 와 닿은 감촉
간지럽도록 보들보들한 이 느낌은 무엇!?

어릴 적 웃음 많았던 그 시절
잠 안 자고 밤늦도록
이런저런 이야기로 깔깔대며 웃다가

늦은 밤 웃는 다 하시며 혼내시는
아버지의 불호령에도 우리 형제자매들

이불속에서 웃음 참았던 그 시절
아련한 그 옛날 그 추억이

발끝에서 머리끝까지 짜릿한
전류로 전해져 오는 이 느낌

가을비!
네가 오는 날이면 언제든 맨발로
달려나가 반겨주리 너와 호 흡 하며

또 느낄 것이며 너와 내가 함께한
시간은 오래도록 남아 추억하리~~

시월애十月 愛

그대 살포시 오시려나
하늘거리는 코스모스 길 따라
부디 그대 오시려거든

이맘 저 맘 접어 두고
시간과 공간을 뛰어넘어
곱게 물들어가는 단풍길 따라

부디 그대 오시려거든
지고지순한 애 뜻한 마음 이여라

뜨겁게 불타는
우리들의 열정적인
마음과 마음 이어주는 시월의 가을

이고 지고 온 그 마음 뜨거운
시월 애十月 愛

나도 모르고 너도 모르네

가을의 깊이가
어쩜 이리도 하루가
다르게 깊어 가는지
나도 모르고 너도 모르네

동구 밖 미루나무에
초승달이 걸린 이유
나도 모르고 너도 모르네

초승달이 저만큼
배가 불러 가는지
나도 모르고 너도 모르네

너와 내가 떨어져
멀리서만 바라보는 이유
너도 몰라 나도 몰라

너와 내가 하나가
될 수 없는 것을
내가 알까? 네가 알까?

가을밤에 걸린 저 달만 같아라

가을 들녘

저 맑고 높은 하늘 아래
오색 빛으로 수를 놓은 듯한
한 폭의 수채화 같은 가을 들녘은

우리네 인생 파노라마일세

노란 병아리처럼 보들보들
목화솜처럼 따뜻하고 포근한
어머님 품속에서 놀던 그 아이
아가 꽃사슴 같던 어린 시절

그때를 잊은 들 어떠하리오

파란 새싹이 자라 싱싱하고
무성한 나무가 되어 누군가에게
그늘이 되어 땀을 식혀 주던

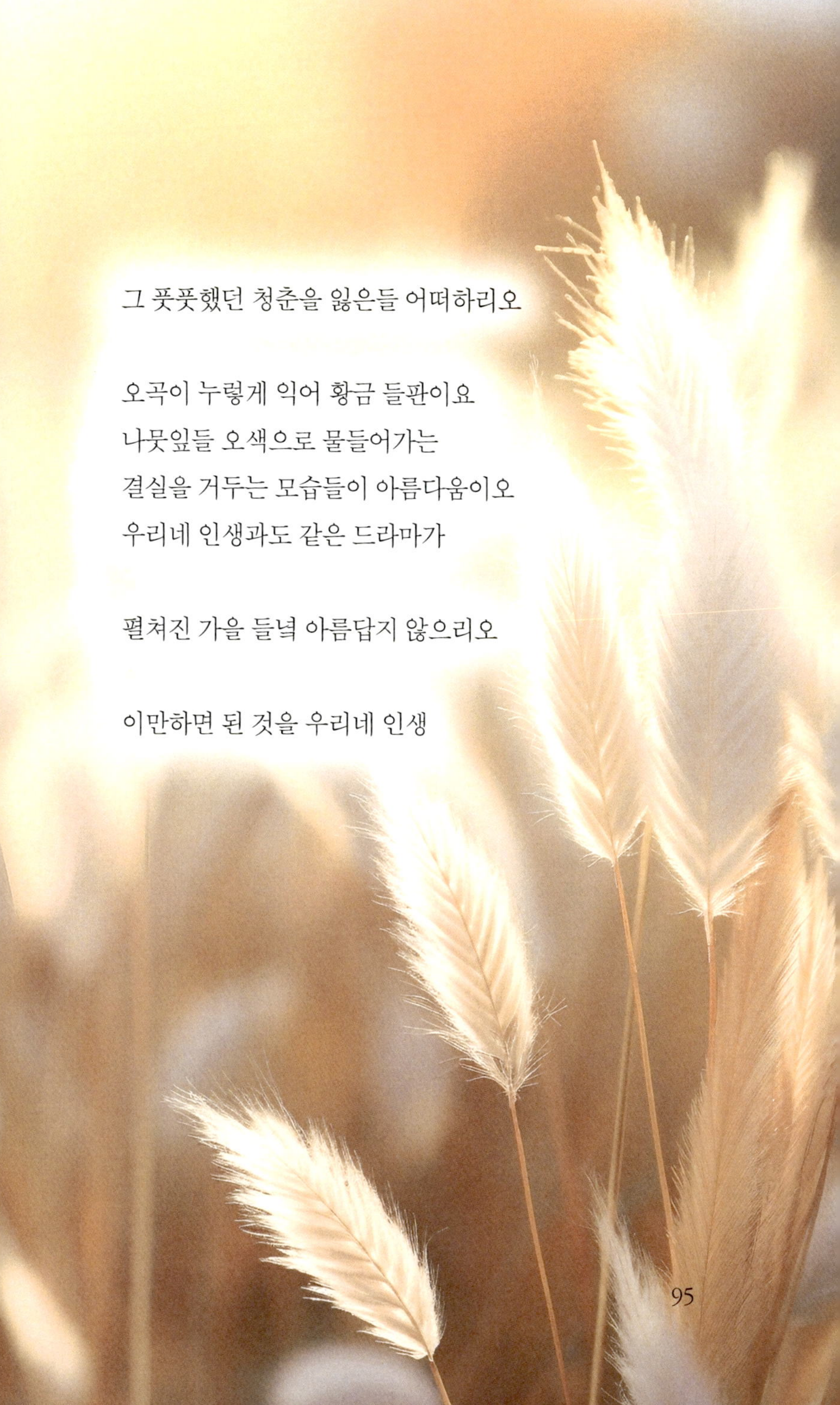

그 풋풋했던 청춘을 잃은들 어떠하리오

오곡이 누렇게 익어 황금 들판이요
나뭇잎들 오색으로 물들어가는
결실을 거두는 모습들이 아름다움이오
우리네 인생과도 같은 드라마가

펼쳐진 가을 들녘 아름답지 않으리오

이만하면 된 것을 우리네 인생

만추滿秋

비 오고 바람 불어
낙엽 지면

겨울인가 했더니 아직은
남아 있는 만추滿秋

사랑으로 물들다 간
동거의 추념追念으로
발길 무겁기만 하네

한번 왔던 인생길
늘 길 없는 길 만들어
가는 길

나도 늦은 가을도
그 길 위에 서 있다

가을이 떠나간 빈자리로
찬 겨울이 스치누나

느껴 보리라
마지막 남은 만추滿秋를

그리운 사람 그리워하자

흘러가는 삶

세월이 유수와 같아
빠르게도 흐르누나

우리네 인생의 삶 속에
영원한 것은 없는 걸까!?

한 번 왔다가 져버리고
시간이 되면 떠나가는
부평초 같은 인생이던가

빠르게 흐르는 시간과 세월은
잡을 수 없지만

하얀 눈 내리는 길 위를 걷다가
발자국 남겨지듯
삶의 애환이 그려지고

그 시간과 세월 속에 우리는
무언가 그려 넣을 수 있기에

느낄 수 있는 가슴과
기억할 수 있는 머리가 있기에

아름다운 추억으로 남아
영원히 잡을 수 있을 것이다

향기롭고 아름다운 우리들의 삶을

겨울 나목裸木

가을에서 겨울로 접어들면서
가지마다 걸치고 있던

나뭇잎들 하나둘 떨쳐 내더니
벌거벗은 알몸으로 떨고 있네

겨울과 대안에 스스로 싸우는 중이다

그래야만 이 혹독한 겨울
냉혹한 한파에도 견디고 이겨내
살 얼 움을 걷는 듯한 긴긴밤

떨어진 낙엽 위에 심신을 내려놓고
잠을 청해 볼 수 있을 것이다

겨울 나목裸木
피붙이 가지 하나라도 떨 어 져나가지
못하게 노심초사 애태우며
세찬 바람과도 싸워야 하네

조금이라도 덜 흔들리려고
나목은 흙 속에 박혀서
수 없는 세월 살아온
뿌리가 흔들려서 새 역사를 쓸까 봐

노심초사
안간힘으로 사투를 벌여
밤낮을 가리지 않네

혹독한 겨울을 이기고
만물이 소생하는 꽃 피는 봄이 오면

하늘과 땅 구름과 바람
이 모든 것들과 서로 조화롭게
잘 살아갈 수 있기를

상생을 꿈꾸누나! 겨울 나목裸木

겨울 앞에서 우린

겨울나무들
알몸으로 당당히 서 있는 모습
보이나요

수많은 나뭇잎 훌훌 털어 버린
욕심 없는 그 마음을
헤아려 보이는 그의 평정심을

한 해 마무리는 이렇게 하는 가라네
그들이 하는 소리 들리지는
않는지요

겨울 앞에서 우린

겨울나무처럼 당당해지자
춥다고 움츠리지 말아요

저들이라고 왜 춥지 않겠는가요

다음 해에 더욱더 푸르른 잎을
무성하게 키워내기 위한 인내와
의지를 보고 우린 배웁니다

한 해 마무리는 十二月 십이 월

겨울 앞에서 우린

비우고 거두어 내자
무겁도록 갖고자 하는 모든 것
욕심 없는 마음으로 버리고 내려놓자

비움으로 새해에는 풍족하고 더
나은 윤택한 삶을 위하여

설빔 한복 입은 여인이여!

어찌 저토록 고울 수 있을까?
천상에 핀 하늘 꽃들이
부러워할 것이다

그 고운 자태로 훨훨
나비처럼 날아서

금수강산 수를 놓아
이 강산에 빛이로세

우리의 고유명절의 설빔 한복은
우리 여인들의 한과
얼이 있거늘

우리 고유의 한복 입어
단아한 모습의 여인들이여!

이 나라의 장한 어머님들 이로일세!

곱디고운 설빔 입은
여인들이여!

지고지순한 이 나라의 어여쁜
꽃이로세

아 아!~어여쁘다 하늘에서
내려온 선녀님들 이로일세!

눈 속에 피어난 꽃

한겨울 얼음 눈 속을 헤집고 피어난
너의 이름은 홍매화이더냐

무슨 사연 있기에 그리 급히
한겨울 눈 속에 피어난 홍매화냐

아니! 어느 꽃과는 다르게 저 스스로
인내하며 얼음 눈에 피어나

그 기품은 고운 여인의 자태로 보여
너의 곱고 아름다움에 반하고
고결한 그 향기에 취하누나

옛 구중궁궐 과거 급제한 암행어사
관모에도 활짝 피었으니 선망을 받아
충실 하 르 리다

어찌 그 품격을 아니 우르 러 보지
않을 수가 있어! 높이 받들어 본다네

당당하게 피어난 눈 속에 핀 홍매화
고귀한 너를 설중매雪中梅라 부르리

4
부

나를 추앙推仰해요

오랜 세월 살아온 내 삶 중에
내 의지대로 이루고 살아온 것이
얼마나 되는지 있기는 있었는지

늘 바람 앞에 등불처럼 조마조마
홀로서기는 끈기와 인내로 견디며
쌓아온 공든 탑은 추풍秋風낙엽
되기 다 반수

늘 손해 보는 느낌으로 여기까지 온
지금 난 가지고자 했던 많은 것들
거두어 내고 비워내며

깨끗한 도화지 같은 마음으로
오직 시만 쓰려고 노력해왔다

이 순간만은 자칭 그 어느 때보다
행복하다는 마음으로 토로하며 지금
이 시를 쓰고 있다

하지만 남은 내 삶은 꽉 채워 가고 싶어요!
한 번도 나를 채운 적 없다

그대!
나를 추앙推仰해줘요

나 그대에게 추앙推仰받고 싶어요

그대여!
나를 추앙秋仰해줘요

나 그대를 응원하고 존경합니다
그대를 추앙秋仰해요

봄 마중

봄은 기다리지 않아도
때가 되면 온다네

햇볕 잘 드는 양지 틈에
초록 초록하며 잎새들 언 땅
뚫고 나와 앉는 봄

추운 겨울 눈보라에도
꽃망울을 틔우더니
혹독한 산고 끝에

홍매화 꽃 몽우리를
터트리고 화사한 분홍빛
웃음으로 봄이 왔음을 알려주네

추운 겨울 대한 소한
동장군을 견디며 이겨낸
우리 이제 가슴 설레며
봄이 오는 길목에 서 있네

너울너울 나비처럼 춤추며
봄 마중 가자

어화 둥실 두 둥실
우리 이제 손잡고 봄 마중 가세나

내생에 최고의 봄날

나의 어린 시절의 봄날은 어떻게 보냈는가?
아련하게 떠 올라 안개 속 같은 희뿌연 기억을
떠 올려 보네

내 나이 만 다섯 살 되던 해 어느 따뜻한 봄
내 밑으로 남동생 둘 중 막내가 태어나던 날이었다

아버지께선 어린 절 데리고 산모인 어머님께
미역국 끓여 주시려고 미역 사려 장에 가는 길
빈 수레가 덜컹거리는 비포장 길옆 옛 초등학교

담장 아카시아 꽃 흐드러지게 피어 꽃잎 날려
아버지 어깨 위에 내 머리 위로 살포 시 내려와 않는다

아버지 어깨에 매 신 봇짐은 삶의 무게로 가득
채워졌지만 발걸음만은 가벼우셨던 것 같았다
그 시절 아들 욕심으로 기분이 좋으셨던게 아닐까!?

나의 고사리 같은 손 잡은 아버지 손에는
아카시아 꽃향기 가득한 땀으로 흠뻑 젖어 있었다

나의 작은 발걸음은 쫄 망 쫄 망 아버지 따라
장에 간다는 우쭐한 기분으로 잘도 따라 다녔다

 돌아오는 길에 왕 사탕 하나 사서 입에 물려 주시던
나의 아버지 아지랑이 피어오르니 따사로워
아름다운 봄날이셨을 게지요!?

 그리고 지금 내겐 "내생에 최고의 봄날" 이였다.

한 포기 풀

아침이슬 머금은 한 포기 풀

무심히 밟고 지나치는
내 발목을 잡아 툭툭 털어내네

발아래 떨어지는 이슬에
바지 끝자락 젖는다

마른 땅 위에 풀 한 포기

어느 이 하나 관심 가져주지 않아도
저 혼자 잘 자라나 살아 숨 쉬는

한 포기 풀

발길에 차이고 밟혀도 그는 호 흡하고
밟힌 만큼 일어서려 하네

밤새 영롱한 이슬 내려
젖은 풀잎 아침 햇살 받아 빛나고

한 포기 풀
그도 한 송이 꽃처럼 보여 아름답다

하얀 목련꽃 필 때면

하얀 목련화 필 때면
그대 그리워지네

하얀 목련이 필 때면
그리움에 목이 메이오네

백옥같이 숭고한 여인
닮은 목련꽃 높은 나무에
두 둥실 피어 떠 있는

너를 바라볼 때면
오지 않을 임 그리는

너는 나를 닮은 것 같아

아려오는 내 마음이
너의 마음이 아니려나

하얀 목련꽃 필 때면
설레 이는 나의 마음아

나대지 마라!
그대 그리는 내 마음아!

일일초

가녀린 가지 끝에
핀 한 송이 꽃

고운 핑크빛 사랑을 담아 곱구나

가녀린 넝쿨이 애달프다 하여
핀 한 송이 꽃

품을 수 없는 연정을 품었는가!?

七 일간 산고 끝에 핀
가냘픈 꽃 한 송이

사랑도 연정도 저 혼자만의 것 인양
그렇게 홀로 이 피었다가

깊은 정 쌓을 시간도 없이
七 일 동안의 짧은 생이기에

애틋한 사랑 안은 채 져버리는
가냘픈 한 송이 꽃
애달프다

잠 못 드는 밤

멀리서 개 짖는 소리 요란하다

어느 낯 선객이 들으셔서
이 야심한 밤의 적막을 깨우는가?

저 하늘의 구름 사이 노니는
보름달 휘영청 밝아

뽀얀 속살 내어 보이는 뜬구름들
온갖 몸놀림으로 유혹을 하네

달 가듯 구름 가네!

달과 구름
그들의 밤마다 구애와 사랑 놀 음에

만삭이 된 보름달 유난히 밝아
오늘 밤 잉태하려 하네

달 가듯 구름 가네!

개 짖는 소리 요란하여
잠 못 드는 밤에

나 사랑에 빠졌어요

그립고 그리워 네가 보고파
오라 한 번만 와 달라고 부르다

네가 보고파 나의 심장이
터질 것만 같아요

그대 내게 와주라
그리다 그려지어서 피워낸 한 송이꽃

그 후로 나 사랑에 빠졌어요

그대 나를 사랑하는 사람아!
이 순간만은 나를 이해 해주기를요

나 "꽃"사랑에 빠졌어요

지금은 새순마다 꽃 몽우리 맺고 피어나
아름다움을 표출하고 있네요

예뻐 예쁘다 눈 마주치면
나의 벅찬 가슴아 환희의 축복 이여라

나 사랑에 빠졌어요

내가 사랑하는 사람아!
이 순간만은 나를 꽃을 보듯
그렇게 사랑스럽게 바라봐 주어요

앞다투어 피어난 꽃들
햇살 따사롭게 비추면 환한 미소 짓고
바람불면 가녀린 몸 흔들며 유혹하는

너희들에게 빠져 눈을 뗄 수가 없네
나 사랑에 빠졌어요

어느 아름다운 동행

서로 남남으로 나고 자란
두 나무가 어느 순간에 왜?
미음이 통하여 한 몸이 된 걸까?

서로가 필요하고 원해서?
서로를 배려하는 마음에?

그 두나무는 서로의 가슴에
심장을 묻고 살아온 세월의
무게감을 더하는 듯 살갑다

서로를 보듬어 주다 한 몸이 되었네
봄이 되면 함께 사랑의 싹을 틔우고
여름이면 함께 숨을 쉬며 숲을 이루네

그들은 계절에 순응하며
철 따라 옷을 갈아입는다

가을이면 같은 마음으로
곱게 물 드린 옷을 갈아입다 가도

겨울이면 누가 먼저라
할 것 없이 옷을 훌훌 벗어 버려도
그들은 두렵지 않다

둘이서 몸도 마음도 영원까지도
하나가 된 그들의 동행은 이생을 다 하는 날까지
백 년이고 천년이고 오래도록 이어 갈 것이다

그들이야말로 우리가 추구하는
영원한 사랑 아름다운 동행이 아닐까!?

목련꽃 질 무렵~~

목련꽃 질 무렵
젊은 청춘은 갔습니다
그늘 속에서 피어나
제대로 피우지 못한 청춘이며~~

청실홍실 아름다운 수를
놓아 보지 않은 채 씨앗도 뿌리지
못하고 훨훨 홀로 이 져버렸는지

어이 그리 허망하게 살다가
하찮은 꿈도 제대로 펼쳐보지
못하고 무엇이 그리 급하여
이생을 등지고 떠나야만 했는지

가슴에 묻어 둔 이야기들
꺼내어 보여 주지도 못한 채 우리에게
아픔과 슬픔의 이별을 남기고 떠나간 넌

얼마나 고통스럽고 찢어지는 아픔이
크다는 걸 이제야 알았구나

서러웠던 한 세상 훌훌 털어버리고
아픔 없는 곳에서 평안히 잠들기를~~

목련꽃 질 무렵
너 가 그리워지면 벚꽃잎 휘날리는 날
무수히 많은 꽃잎에 사연 새겨 너에게 띄워 보내리~~

#시골 고향 오라버님의
  아픈 손가락 장남
순수한 총각으로
  살다가 안타깝게
#하늘나라로 갔습니다

탱자

가시가 많은 나무에 어린 소녀의
눈물방울처럼 백색의 작은 꽃을
피워 눈에 잘 띄진 않아도 나 좀
보라며 반짝이네

그 작고 청초한 꽃에 내가 반해 예뻐라
하듯이 꽃을 좋아하는 벌들도 관심을
가지고 많이도 사랑해 주었나 보다

초록 초록한 작은 열매들이 맺어
여름내 억센 가시와 초록 잎에
숨어지낸 은둔의 긴 시간은 빛을 발하고

선선한 바람과 비 맞으며 자라서
가을 햇살 빛 받아 노랗게 잘 익은
자신을 당당하게 내어 보이는 그의 이름은 "탱자"이던가

기다림의 미학

수 억만년 전
태고 때 부름으로 여기와
시간의 공간을 넘어 기다림은

이어가고 있었기에 나 여기 있네

긴 기다림의 끝은 어디인고
떠나 보고 싶어지네

수없이 많은 별 중에
그 하나 별점 찍어놓고

사랑의 완성체가 되기 위한
때 묻지 않은 맑고 깨끗한

나의 마음 내 기다림이다

발자취 남겨 놓지 않은
구름과 바람처럼 그냥
그렇게 무심히 긴 기다림 끝까지 가 보리

아 나의 사랑 나의 기다림!

산중의 물소리

칠흑같이 어두운 밤
적막을 깨우는
산중의 물소리!

누에 실타래처럼 풀려 오네

어디서부터 시작된 걸까?
높은 산 젖무덤에서 흘러나오는
젖줄 기이더냐

깊은 산속 어두움을 품고 흐르는 물

흰옷 섬 풀어헤치고
뽀얀 속살 내어 보이며
유유 자작 흐르는 소리

나 어릴 적
어머님께서 팔 베게 해주시며 내게
들려주시던 먼 옛날이야기 인양

크고 작은 조약돌들과 부대끼는
소리 정겹다

보름달 환하게 길을 내어주면

작은 파문이 이는 달빛 물든
맑은 물이 있는 호수 같은
웅덩이에 몸담아 멱을 감고 싶어라

굽이굽이 돌아온
삶의 이야기가 있는
산중의 물소리!

깊은 울림으로 나를 부르네!

흰 구름 가는 길

저 높은 가을 하늘 저 구름
유유히 흘러가는 흰 구름 아
너 가는 길 어디 메냐

어디서 와 어디로 가느냐?

어이 그리 평화로운지
너처럼 마음 다 내려 놓아
빈 마음으로

무념무상이 경지에 이르러
무심히 흐르고 있구나

혹여 그리운 이 보러 가는 길 아는 가
그 길 알고 있다면 알려 다오

무심히 떠 가는 흰 구름 아
너는 이내 마음 아느냐

지고 지순 한 순정 숨겨온 마음

청 실 홍실 정성으로 뽑은 날 실로
한 올 한 올 에메랄드 빛 하늘에
곱게 수를 놓아

어느 하늘 아래 있을 그리운 이
볼 수 있도록 봉황의 날개처럼
펼치고서 하늘의 운 무를 가두리라

새 털처럼 가 벼 이 잠시 너에게 기대어
너 가는 길 나도 따라 흘러가리

흰 구름 아 네 가는 길 어디 메냐

나 그곳에 머무를 수 없단 다
혼자 돌아 와야 하는

가여운 여심! 돌아 올 길 알려 주려 무나

삶의 흔적

어렵사리 거두어 드린
알곡 같은 지나온 삶

황무지에서 일 구어 얻은
부초 같은 내 인생

유리알 같은 맑은 눈으로
세상의 빛 바라보다

잊고 지낸 소중했던
순간순간들

세월이 쓸고 간 빈자리가 닳고 닳아
흔적조차 없는 걸 까

혼자인가
헹하니 썰물에 쓸려 간 듯
마음 허전하다

어느 누가 떠나간
빈자리는 크게 느껴질 것이다

그 자리에 없어서 그리워질 때
느끼는 그리움이 커질 때

저물어 가는
가을의 길목에서 서 성 거린 다

이 또한
내 삶의 흔적으로 남을 것이다

겨울비

겨울비 오는 날
산천들이 숨 죽은 듯
고요하고 포근하다

떠날 것들은 모두다
떠나간 뒤 쓸쓸한 대지 위
하염없이 내려 그 무게감을 더해

그 무게감은
나 홀로 외로움 그리움들의
무게였네

홀 벗은 나무들
축축이 젖은 몸으로 빈 가지마다
흰 눈 꽃송이 대신

은 구슬을 매달아
영롱한 빛으로 반짝이는
팔도에도 없는 트리를 만드네

고요함 속에서
빗소리는 사슴들 꽃 마차
끌고 오는 소리로 들리고

겨울비가 주는
크리스마스 선물이라면
이보다 더 좋은 선물이 또 있을지

외로움을 이겨내자
그리운 사람들을 만날 수
있을지 모르지만

그 빗속을 마음껏 달려보자

겨울비
등을 토닥토닥 두드려 주네
힘내라고 그 어느 손길 보다 더 애정이 담겨 있다

동지/나이 수만큼 새알을 먹다

팥 앙금 내어
섬 섬 옥 섬으로 빚은 새알 넣어
팥죽 끓여 주시며

나이 숫자만큼 새알을 먹어라
하시던 어머님의 말씀 따라
나이 수 만큼 먹었던 새알

한해 한 해 갈수록 늘어만 가는
새알 수!

그 새알과 함께 내 인생은 반
평생이 넘었구려!

세월이 지난 지금은 이미 새알
들어갈 자리가 없어!

셀 수도 없을 만큼 그 양만큼
나이를 먹었네!

다시 뱉어낼 수도 없으니
어찌하면 좋을까?

서릿발 하얗게 내리던 동지 밤
액운과 질병 잡귀는 물러가라

우물가 장독대 위에 팥죽 한 그릇
떠 놓으시고 두 손 달도록
자식들 잘 대라 빌어 주시던 어머님!

어머님이 끓여 주시던 그 팥죽
이라면 지금 나의 나이 수
만큼이라도 먹을 수 있을 텐데

어디에도 없고 그 어디에서
그 깊은 맛을 만나 볼 수 있으려나
눈물 나도록 그리운 그 맛!

현재 나를 다섯 글자로 표현한다면

"중년의 여인"
이라고 표현해보리!

이쯤이면 한창 인생 살 만할 때라고
하지 않는가!?

중년의 남은 삶 동안은 이렇게
살게 하여 주소서

내면으로는 온유하고 유하게
살기를 바라고

외면으로는 부드러우면서 강하게
살아가게 하며

내면과 외면이 조화롭게 잘 어울리며

품격있게 살아갈 수
있도록 하여 주어

내가 아는 모든 이들과 이해와 사랑으로
살아가게 하고

몸과 마음이 건강하고 아름다운
중년의 여인으로
살아가게 하소서!

가을과 겨울 사이

가을 그 가을
가을이라는 이름 표를 달고
한 계절 참 화려하고 도 눈 부시게
불 타는 청춘으로 살다

 그 누군가에게는
아름답게 익어 가는
의 이로운 삶을 주었고

또 누군가 에게 는
깊어 만 가는 계절의 무게 감으로
외로움과 고독의 비애를
맛보게 하지 않아 는 가

늦가을
나에게 또 우리 모두에게
추운 겨울 많은 날을 숙제로
남겨두고 그렇게 훌쩍
떠나가려 하지 않은 가

가을 그 가을
나 그대 떠나가고 많은 날
하얀 겨울을 만나서 긴 긴 밤

너와 함께 했던 시간들의 이야기는
눈 녹일 듯 따뜻하다

빛 바랜 추억 하나 펼쳐 보이리라
가을과 겨울 사이에서 ~~

자연과 깊이 교감하며
삶의 기쁨과 슬픔을 온전히 받아들인 서사

김종억 (시인·문학평론가)

프롤로그

시는 내면 깊숙이 자리한 그리움, 사랑, 기쁨, 슬픔 같은 감정들을 가장 섬세하고 밀도 있게 표현하는 언어의 결정체라고 할 수 있다. 시인은 언어를 통해 세상과 소통한다. 독자는 그 언어를 통해 시인의 감정을 공유하고 자신의 감정을 돌아보게 된다. 우리가 일상에서 지나칠 수 있는 작은 것들, 예를 들어 풀 한 포기, 바람 한 줄기, 고요한 아침 햇살 속에서도 삶의 의미와 존재의 본질을 찾아내는 예술이다. 단순한 묘사를 넘어 사물의 내면을 들여다보고, 숨겨진 의미를 발견하게 한다. 시는 '자연의 아름다움'과 '삶의 의미'에 대해 통찰을 제공하는 훌륭한 도구가 된다. 문학 장르 중 특히 시는 단순히 이야기를 전달하는 것을 넘는다. 우리에게 많은 질문을 던지고 생각의 지평을 넓혀 공감해 보는 보물과도 같다. 작품의 깊이를 탐구하는 시론은 그 자체로 또 하나의 창조적인 여정이라고 생각한다. 시는 언어의 운율, 비유, 상징 등을 통해 독자에게 특별한 미학적 경험을 선사한다. 정제된 언어가 주는 아름다움과 깊이는 독자의 마음속에 오래도록 여운을 남기곤 한다.

서화경 시인은 시인으로 등단한 이후 개인적인 사정으로 10여 년간 활동을 중단했다. 손자의 탄생을 계기로 다시 글쓰기 본연의 자리로 돌아왔다. 자연을 벗 삼아 눈으로 소통하고 감성을 담아 그 안에 사랑과 그리움, 꿈과 희망을 꿈꾸는 "사계를 노래하는" 서정 시인으로서 첫 시집을 출간하게 되었다

서화경 시인은 자연과 깊이 교감하며, 삶의 기쁨과 슬픔을 온전히 받아들인다. 그럼에도 불구하고 희망을 놓지 않으며 매일을 성실하고 아름답게 살아가고자 한다. 시인의 시는 한 영혼의 맑고 투명한 노래를 담고있다. 감성적이고 서정적인 표현으로 가득 찬 시는 읽는 이에게도 자신의 하루하루를 시와 음악처럼 소중히 여기고 아름답게 가꾸어 나갈 용기를 선사한다. 자연의 순간적인 현상에서 삶의 본질적인 의미를 찾아내는 시인 특유의

통찰력과 노년의 삶을 귀하고 아름다운 것으로 여기는
긍정적인 가치관이 돋보인다.

문학평론은 이 경이로운 경험을 통해 단순한 감탄에
서 멈추지 않고, 그보다 깊이 이해하고 성찰하려는 지적
여정이다. 그것은 한 편의 작품이 지닌 다채로운 의미의
층들을 섬세하게 해독한다. 이어 작가의 숨결이 닿은 의
도를 찾아내고자 한다. 시대의 정수와 인간 보편의 진실
을 작품 속에서 길어 올리는 과정이다.

이제 서화경 시인이 발굴한 언어의 미로 속으로 들어
가 본다. 그 속에서 우리는 작가의 상상력과 마주하고,
시대의 아픔에 공감한다. 궁극적으로는 우리 자신의 내
면과 빗대어 들여다보는 귀한 시간을 갖게 될 것이다.

일상의 교향곡을 노래하다 – "시처럼 음악처럼"

서화경 시인의 '시처럼 음악처럼'은 잔잔한 서정성 속
에 삶에 대한 깊은 통찰과 긍정적인 자세가 스며있는 한
편의 아름다운 고백록이다. 자연의 작은 움직임에서 시
작하여 삶의 희로애락을 거친다. 결국 매일을 '시처럼 음
악처럼' 살아가겠다는 단단한 의지를 드러내며 독자에
게 깊은 울림을 선사한다.

부지런한 새들의 지저귐

소리는 고요한 아침을 열어주네

내겐 고운 음악 소리로 들 린다

따사로운 봄 햇살

노크도 없이 창틈으로 스며들어

내 귀, 볼. 언저리에 머물러

간지러운 속삭임은 나의 아침 기상이다

맑고 화창한 하늘을

만났으니 구름 위를 걷는 듯한

마음은 풍선을 타고 올라 가슴 벅차다

나무마다 잎들 푸르러

싱그러움이 더해 빛이 나고

무지개 일곱 빛깔로 빗은 나의

하루가 아름답게 영글어 갈 때쯤이면

어쩌다 비가 와서

나뭇잎 비에 젖을 적엔 나뭇잎에

새겨 놓은 "시" 한편 같은 내 마음도

축축이 젖어 초록으로 물들어가네

늘 가는 길 한결같은

길이지만 때론 힘들고 외로울 때가

있고 뿌연 안개 속에서 주어진 하루일지라도

새롭게 밝아 오는

여명의 빛과 같은 거 내겐 희망이고 생명이다

그 선물 같은 하루

소중한 시간 속에 한 편의

시를 쓰듯 아름다운 음악의 선율을 타듯

그렇게 하루를 살아가리!

시처럼 음악처럼~~

- 「시처럼 음악처럼」 전문

1. 감각적인 이미지와 비유의 향연

시의 초반부는 청각, 시각, 촉각을 아우르는 감각적인 묘사가 압권이다. "부지런한 새들의 지저귐"이 "고운 음악 소리"로 들려온다. "따사로운 봄 햇살"은 "노크도 없이 창틈으로 스며들어" "간지러운 속삭임"으로 아침을 깨운다. 이처럼 자연의 요소들이 마치 살아있는 존재처

럼 의인화되고 감미로운 소리와 촉감으로 변주되어 독
자에게 평화롭고 생동감 넘치는 아침의 정경을 선사한
다. 특히, "구름 위를 걷는 듯한 마음"이나 "풍선을 타고
올라 가슴 벅찬" 순간은 맑고 화창한 하늘이 주는 순수
한 기쁨을 효과적으로 전달한다. 시인의 순수하고 긍정
적인 내면을 엿볼 수 있게 한다.

2. 자연과의 깊은 공감, 희로애락을 투영하다

시는 자연 현상을 통해 감정의 깊이를 더해간다. 푸르
른 잎들이 "싱그러움이 더해 빛이 나"는 모습에서는 삶
의 활력과 아름다운 성숙의 과정이, "무지개 일곱 빛깔
로 빚은 나의 하루"라는 표현에서는 매일의 삶을 예술
작품처럼 다듬어가는 시인의 섬세한 시선이 느껴진다.

그러나 시는 여기서 멈추지 않고, 삶의 또 다른 면모를
보여준다. "어쩌다 비가 와서 나뭇잎 비에 젖을 적엔"이
라는 구절은 인생의 예기치 않은 시련이나 슬픔을 암시
한다. 이때 "나뭇잎에 새겨 놓은 '시' 한편 같은 내 마음
도 축축이 젖어 초록으로 물들어" 간다는 비유는 놀랍도
록 아름답다. 비록 마음이 젖어들지만, 그것이 시가 되어
스며들고, "초록"으로 물들어간다는 표현은 슬픔마저도
성장의 일부로 받아들이고 더욱 풍요로운 내면을 만들

어가는 시인의 깊은 성찰을 보여준다. 이는 힘든 경험을
서정적으로 표현하는 방식과도 매우 잘 어울린다.

3. 역경을 넘어선 희망의 메시지

시의 후반부에서는 시인의 강한 삶의 의지가 드러난
다. "늘 가는 길 한결같은 길이지만 때론 힘들고 외로울
때가 있고 뿌연 안개 속에서 주어진 하루일지라도"라는
구절은 삶의 고단함과 불확실성을 솔직하게 인정한다.

4. 삶을 예술로 승화시키려는 아름다운 다짐

마지막 연에서 시는 모든 것을 종합하고 결론을 맺는
다. "그 선물 같은 하루"라는 표현에서 매 순간을 감사히
여기는 시인의 태도가 느껴진다, "소중한 시간 속에 한
편의 시를 쓰듯 아름다운 음악의 선율을 타듯 그렇게 하
루를 살아가리!"라는 다짐은 삶 자체를 예술로 승화시킨
다. "시처럼 음악처럼~~"이라는 마무리는 이 시의 핵심
주제이자, 시인이 바라는 이상적인 삶의 모습이 응축된
명료하고 여운 가득한 종결미를 이룬다.

생명의 약동과 자유를 향한 아름다운 외침 – "삼월의 봄"

서화경 시인의 '삼월의 봄'은 겨울의 혹한을 뚫고 피어나는 생명의 경이로움과 그 속에서 느끼는 희망, 그리고 자유에 대한 갈망을 서정적으로 노래한 작품이다. 평소 자연의 아름다움, 삶의 본질, 희망 등의 주제에 깊은 관심을 두는 만큼, 이 시는 봄이라는 계절을 통해 시인의 내면세계를 풍부하게 펼쳐 보이고 있다.

봄이여!
싹이 나서 잎이 났네
소녀의 입술처럼 여린 것 같아

내 너를 보듬어 주고파라 봄이여!

겨울 매서운 바람 뒤에
숨어 피어난 꽃망울 망울
꼰지라 울 정도로 귀여워라!

사랑스러운 나의 연인 같아
내 너를 포근히 안아 주고 싶어라
봄이여!

키 큰 나무에 핀 목련화

햇빛 받아 빛나다 두둥실
하늘에 떠다니는 구름 같아 자유롭구나

덩달아 나도 자유롭고 파라 봄이여!

들리는가?
새 생명 태어나는 반란의 소리
살아 숨 쉬는 생동감 넘치는 희망의 소리를

아 삼월의 봄이여!

-「삼월의 봄」 전문

1. 섬세한 관찰과 의인화로 그려낸 생명의 탄생

시는 "싹이 나서 잎이 났네"라는 구절로 봄의 시작을
명료하게 알린다. 이때 "소녀의 입술처럼 여린 것 같아"
라는 비유는 갓 돋아난 새싹의 섬세함과 순수함을 시각
적으로 매우 효과적으로 전달한다. "내 너를 보듬어 주
고파라"는 화자의 따뜻하고 보호적인 애정을 드러낸다.
자연을 단순한 풍경이 아닌, 보듬어주고 싶은 '너'라는
대상으로 의인화하여 더욱 친밀하고 감성적인 관계를
형성한다.

2. 역경을 딛고 피어난 희망의 꽃망울

이어지는 연에서는 "겨울 매서운 바람 뒤에 숨어 피어난 꽃망울"을 통해 생명의 끈질김과 강인함을 노래한다. 이는 시인이 겪은 인생의 고난과 성취감을 탐구하는 여정이다. "인생은 오르막길만 있는 건 아니다"라는 철학과도 맥이 닿아 있다. 고통스러운 시간을 이겨내고 피어난 꽃망울은 단순한 귀여움을 넘어, 시인의 인내와 성장 의지를 대변하는 듯하다. "꼰지라 울 정도로 귀여워라!"라는 독특한 표현은 화자의 깊고 진한 애착을 나타낸다. 사랑스러움을 강조하며, 꽃을 "사랑스러운 나의 연인 같아"라고 비유함으로써 자연에 대한 극진한 사랑을 표현하고 있다.

3. 목련과 구름, 자유를 향한 갈망

시의 중반부는 시선을 지상에서 하늘로 확장하며 사유의 폭을 넓힌다. "키 큰 나무에 핀 목련화"가 "햇빛 받아 빛나다 두둥실 하늘에 떠다니는 구름 같아 자유롭구나"라는 구절은 목련의 순백함과 구름의 유영하는 모습을 통해 자유로운 영혼의 이미지를 선명하게 보여준다. "달아 나도 자유롭고 파란 봄이여!"라고 외치는 부분에서 화자는 봄이 주는 생동감을 통해 내면에 잠재된 자유를 향한 강렬한 염원을 표출한다. 이는 삶의 의미와 본질을 찾고자 하는 성향과 연결된다. 억압되지 않고 본연의 모습으로 살아가고 싶은 마음을 대변하는 듯하다.

4. 희망찬 생명의 반란

감동적인 종결 마지막 연의 "들리는가? 새 생명 태어나는 반란의 소리 / 살아 숨 쉬는 생동감 넘치는 희망의 소리를"은 독자에게 강렬한 질문을 던지며 봄의 의미를 다시금 환기시킨다. '반란의 소리'라는 표현은 겨울의 정적을 깨고 터져 나오는 생명의 에너지를 역동적이고 힘 있게 묘사한다. "아 삼월의 봄이여!"라는 감탄사는 이 모든 감정들을 아우른다. 봄에 대한 화자의 벅찬 사랑과 감동을 최고조로 끌어올린다.

결론적으로, '삼월의 봄'은 겨울을 이겨내고 피어나는 새 생명의 여린 아름다움에서 시작한다. 끈질긴 생명력과 자유를 향한 갈망, 그리고 궁극적으로는 희망의 메시지를 선사하는 한 편의 아름다운 봄 노래이다. 섬세한 감각적 묘사와 생동감 넘치는 표현, 그리고 삶에 대한 깊은 성찰이 어우러져 독자에게 따뜻한 위로와 희망을 전하는 훌륭한 작품이다.

이생에 다하지 못한 사랑의 애절한 기록
– "꽃잎에 새겨진 그리움"

    '꽃잎에 새겨진 그리움'은 봄날 흩날리는 꽃잎에 한없이 아련하고 애절한 그리움을 담아낸 서정시이다. 소중한 이를 떠나보낸 뒤 남아있는 상실감과 사무치는 그리움을 자연의 순환 속에 녹여내어, 독자에게도 깊은 공감과 먹먹함을 선사한다. 이는 시인이 평소 어머니에 대한 그리움을 시로 승화시키려는 마음과 맞닿아 있다. 삶과 죽음, 그리고 그 사이에 존재하는 변치 않는 사랑이라는 철학적인 주제를 섬세하게 다루고 있다.

나른한 봄 햇살
수물수물 쓸고 간 양지 틈
꽃 한 송이

인고의 세월 애 달다 하여 핀
한 송이 꽃

무엇이 그리 급하여
이생에 못다 피우고 서둘러
져버렸는가?

– 「꽃잎에 새겨진 그리움」 일부분

1. 봄 햇살 속에 피어난 애달픈 상실감

시는 "나른한 봄 햇살 수 물 수 물 쓸고 간 양지 틈 꽃 한 송이"라는 서정적인 풍경으로 시작한다. 봄의 따스함과 꽃의 아름다움 속에서도 화자는 결코 온전히 평화롭지 않다. "인고의 세월 애 달다 하여 핀 한 송이 꽃"이라는 표현은 그 꽃이 고난의 시간을 견뎌 피어났음을 암시한다. 이는 마치 떠나간 이의 삶이 결코 쉽지만은 않았음을 은유하는 듯하다. "무엇이 그리 급하여 이생에 못다 피우고 서둘려 져버렸는가?"라는 질문은 떠나보낸 이에 대한 안타까움, 미련을 담고 있다. 시인의 먼저 떠나간 남동생을 절절히 그리워하는 안타까운 마음이 배어 있는 듯하여 더욱 마음을 저미게 한다.

시간을 초월한 가을날의 순애보 – "시월애 十月 愛"

'시월애十月 愛'는 가을, 특히 십월(十月)이라는 계절적 배경을 바탕으로 쓰여졌다. 사랑하는 이에 대한 간절한 기다림과 뜨거운 열정, 그리고 변치 않는 순수한 사랑을 아름다운 언어로 노래한 서정시이다. 자연의 이미지를 통해 화자의 깊은 내면과 감정선을 섬세하게 표현한다. 삶의 본질과 인간관계에 대한 시인의 따뜻한 시선이 고스란히 담겨 있다.

그대 살포시 오시려나
하늘거리는 코스모스 길 따라
부디 그대 오시려거든

이맘 저 맘 접어 두고
시간과 공간을 뛰어넘어
곱게 물들어가는 단풍길 따라

부디 그대 오시려거든
지고지순한 애 뜻한 마음 이여라

뜨겁게 불타는
우리들의 열정적인
마음과 마음 이어주는 시월의 가을

이고 지고 온 그 마음 뜨거운
시월 애十月 愛

- 「시월애十月 愛」 전문

1. 가을 풍경 속 간절한 기다림과 초대

시는 "그대 살포시 오시려나 / 하늘거리는 코스모스 길 따라"라는 구절로 시작한다. 가을날의 서정적인 풍경 속에서 사랑하는 이에 대한 조심스러운 기대와 기다림을 표현한다. 코스모스 길은 마치 꿈속을 거닐 듯 그리워하는 임의 발자취를 그리는 듯하다. "부디 그대 오시려거든"이라는 반복적인 청유형 어미는 단순한 기다림을 넘어, 임이 와주기를 바라는 간절하고도 애틋한 김정올 더욱 고조시킨다.

2. 시간과 공간을 초월하는 사랑의 깊이

시인의 사랑은 평범한 기대를 넘어선다. "이맘 저 맘 접어 두고 / 시간과 공간을 뛰어넘어"라는 표현은 현실의 제약과 번잡한 마음들을 모두 초월한다. 오직 사랑하는 이에게만 집중하려는 굳건한 의지를 보여준다. 이는 육체적 만남을 넘어선 영혼의 교감을 꿈꾸는 듯하다. 사랑의 본질적이고 영원한 가치에 대한 탐구와도 연결된다. "곱게 물들어가는 단풍길 따라"는 임이 걸어올 길을 더욱 아름답게 상상하게 한다. 성숙하고 깊어진 가을의 색채처럼 화자의 사랑 역시 깊어지고 무르익었음을 암시한다.

3. 지고지순한 열정과 경험이 담긴 사랑

"지고지순한 애 뜻한 마음 이여라"라는 구절은 화자가 지닌 사랑의 순수함과 헌신적인 태도를 단적으로 보여준다. 지고지순함은 티 없는 순수함을, 애틋함은 그리움과 연민이 깃든 깊은 정을 뜻한다. 이는 시에서 자주 다루는 '어머니에 대한 사랑과 그리움'과 같이, 지극히 숭고한 사랑의 감정으로 해석될 수 있다.

이어지는 "뜨겁게 불타는 우리들의 열정적인 / 마음과 마음 이어주는 시월의 가을"이라는 표현은 가을의 차분함 속에 숨겨진 사랑의 강렬한 에너지를 드러낸다. 가을은 차분한 계절이지만, 동시에 붉은 단풍처럼 뜨거운 열정을 품을 수 있음을 역설적으로 보여준다. 특히, 마지막 연의 "이고 지고 온 그 마음 뜨거운 시월 애十月 愛"는 오랜 시간 동안 쌓아온 삶의 경험과 무게("이고 지고 온")가 이 사랑을 더욱 뜨겁고 깊이 있게 만들었음을 암시한다. 이는 젊은 날의 풋풋한 사랑을 넘어, 연륜이 더해진 삶의 지혜와 함께 더욱 단단하고 소중해진 사랑임을 표현한다. 이는 시인이 삶의 여정 속에서 느끼는 성숙한 감정을 반영하는 듯하다.

결론적으로, '시월애十月 愛'는 가을이라는 계절의 아름다움과 깊이를 배경 삼아, 시간과 공간을 초월한 순수하고 열정적인 사랑을 노래한 매우 감동적인 서정시이다.

　'저녁노을'은 하루를 마감하는 저녁노을의 장엄하고도 아름다운 풍경을 통해, 인생의 황혼기를 맞이하는 성숙한 삶의 자세와 긍정적인 희망을 노래한 서정시이다. 자연의 순간적인 현상에서 삶의 본질적인 의미를 찾아내는 시인 특유의 통찰력과, 노년의 삶을 귀하고 아름다운 것으로 여기는 긍정적인 가치관이 돋보이는 작품이다.

낮 동안
뜨겁게 달구던 하루해가 기울어
검붉은 열기를 토해 내!

서녘 하늘 붉게 물들이다

저 열정과 정열이 불타는
저녁 노을빛 속으로
서서히 끌리어 가듯 젖어 들다

나의 하루가 물들어가누나!

지는 해 저토록 아름다운걸!
우리 내 인생도 그와 같은 거

아닌가!?

어느 누가 늙으면 추하다 했던가?

내 인생의 황혼이 오면
저 아름다운 저녁노을처럼

내 인생 뒤 안 길!
아름답게 물들어가리라~~~

1. 저녁노을의 생동감 넘치는 묘사

시는 "낮 동안 뜨겁게 달구던 하루해가 기울어 검붉은 열기를 토해 내! 서녁 하늘 붉게 물들이다"라는 구절로 저녁노을의 시작을 역동적으로 그린다. '뜨겁게 달구던 하루해', '검붉은 열기', '붉게 물들이다'와 같은 표현은 단순한 해넘이가 아니다. 하루를 치열하게 살아낸 존재의 마지막 에너지 발산처럼 느껴져 시각적, 감각적으로 강렬한 인상을 남긴다. 시인이 경험한 삶의 인내와 열정이 녹아든 표현으로 보인다.

2. 자연과 나의 합일, 삶의 물듦

다음 연에서는 저녁노을의 에너지가 화자의 내면으로 흡수되는 과정을 그린다. "저 열정과 정열이 불타는 저녁 노을빛 속으로 서서히 끌리어 가듯 젖어 들다 / 나의 하루가 물들어가누나!"라는 구절은 저녁노을의 강렬한 색채와 열기가 화자 자신의 하루, 나아가 인생 전체에 스며들어 아름답게 물들어감을 표현한다.

3. 삶의 황혼에 대한 깊은 성찰과 반문

시의 중심은 "지는 해 저토록 아름다운걸! 우리 내 인생도 그와 같은 거 아닌가!?"라는 깊은 질문에 있다. 이 구절은 노년의 삶을 자연의 황혼기에 비유한다. 지는 해가 마지막 빛을 가장 화려하게 발산하듯, 인생의 마지막 시기도 그 어떤 때보다 아름답고 의미 있을 수 있음을 역설한다.

4. 아름다운 황혼을 향한 강렬한 의지

마지막 연에서는 이러한 성찰이 하나의 굳건한 다짐으로 이어진다. "내 인생의 황혼이 오면 / 저 아름다운 저녁노을처럼 / 내 인생 뒤 안 길! 아름답게 물들어가리라~~~”라는 문장은 노년의 삶을 저녁노을처럼 열정적이고 아름답게 가꾸어가겠다는 화자의 확고한 의지와 희망을 명확히 드러낸다.

결론적으로, '저녁노을'은 단순한 풍경 묘사를 넘어, 인생의 황혼을 저녁노을에 비유하여 삶의 마지막 시기가 오히려 가장 아름다울 수 있음을 예찬하는 깊이 있는 성찰의 시이다. 강렬하고 감각적인 이미지, 삶에 대한 긍정적이고 철학적인 질문을 던진다. 그리고 미래를 향한 희망찬 다짐이 어우러져 독자에게 따뜻한 위로와 삶의 활력을 불어넣는 멋진 작품이다.

세월이 새긴 존재의 깊이와 그리움 – "삶의 흔적"

'삶의 흔적'은 인생이라는 긴 여정을 돌아보며, 그 속에서 얻은 성취와 마주한 상실, 그리고 이 모든 것을 아우르는 그리움과 수용의 정서를 잔잔하게 풀어낸 서정시이다. 시는 지나온 삶에 대한 진솔한 고백과 내면의 성찰을 통해, 독자에게도 자신의 삶의 흔적을 돌아보게 하는 깊은 사유의 시간을 선물한다.

어렵사리 거두어 드린
알곡 같은 지나온 삶

황무지에서 일 구어 얻은
부초 같은 내 인생

유리알 같은 맑은 눈으로
세상의 빛 바라보다

잊고 지낸 소중했던
순간순간들

세월이 쓸고 간 빈자리가 닳고 닳아
흔적조차 없는 걸 까

혼자인가
헹하니 썰물에 쓸려 간 듯
마음 허전하다

어느 누가 떠나간
빈자리는 크게 느껴질 것이다

그 자리에 없어서 그리워질 때
느끼는 그리움이 커질 때

저물어 가는

가을의 길목에서 서 성 거 린 다

이 또한
내 삶의 흔적으로 남을 것이다.

1. 삶의 고난과 수확, 그리고 존재의 취약함

　시는 "어렵사리 거두어 드린 알곡 같은 지나온 삶"이
라는 구절로 시작하며, 화자의 삶이 결코 쉽지 않았음을
암시한다. '알곡'이라는 표현은 비록 고난 속에서도 헛되
이 보내지 않고 소중한 깨달음과 결실을 맺었음을 의미
한다.

　하지만 다음 구절에서 "황무지에서 일 구어 얻은 부
초 같은 내 인생"이라 고백한다. 힘들게 일궈낸 삶의 근
원적인 불안정성과 취약함을 동시에 드러낸다. '부초'(浮
草, 물 위에 뜨는 풀)는 뿌리내리지 못하고 떠도는 존재
의 비애와 동시에, 어떤 환경에서도 살아남는 강인한 생
명력을 은유하여 화자의 내면 깊은 곳에 있는 복합적인
감정을 보여준다.

2. 빈자리와 그리움, 그리고 가을의 정서

시의 중반부는 '상실'에서 비롯된 '그리움'의 감정을 깊이 탐구한다. "혼자인가 헹하니 썰물에 쓸려 간 듯 마음 허전하다"는 구절은 떠나간 이의 부재로 인해 겪는 극심한 고독과 공허함을 썰물에 비유하여 절감하게 한다. 이러한 마음의 허전함은 시인이 어머니에 대한 그리움을 시로 표현할 때 느끼는 감정과도 겹쳐 보인다.

이어지는 "어느 누가 떠나간 빈자리는 크게 느껴질 것이다 / 그 자리에 없어서 그리워질 때 느끼는 그리움이 커질 때"라는 구절은 보편적인 인간의 감정인 '상실 후의 그리움'을 솔직하게 고백하며 독자의 공감을 이끌어 낸다. 이 그리움이 가장 극대화되는 시점이 바로 "저물어 가는 가을의 길목에서 서 성 거린 다"라는 공간적, 시간적 배경 속에서 묘사된다.

3. 모든 것을 아우르는 삶의 흔적에 대한 수용

마지막 구절 "이 또한 내 삶의 흔적으로 남을 것이다."는 시 전체를 아우르는 최종적인 성찰이자 화자의 단단한 태도를 보여준다. 삶의 고난, 상실, 그리움, 허전함 등 모든 경험과 감정들이 단순히 스쳐 지나가는 것이 아니다. '삶의 흔적'이라는 형태로 자신을 이루는 소중한 부분이 될 것임을 담담하게 받아들이고 있다.

결론적으로, 시인의 '삶의 흔적'은 힘들었던 과거의 시간, 희미해지는 기억 속 소중한 순간들을 떠올리게한다. 떠나간 이로 인한 빈자리와 그리움까지도 자신의 삶을 이루는 아름다운 '흔적'으로 수용하는 깊은 통찰을 담은 작품이다. 절제된 표현 속에 배어 있는 진솔한 감정은 독자의 마음을 울린다. 노년의 삶에서 보람과 행복을 찾는 시인의 삶의 지혜가 고스란히 담겨 있는 감동적인 시이다.

에필로그

서화경 시인의 『시처럼 음악처럼』 작품은 삶의 빛깔을 엮은 사랑과 성찰의 노래이다. 마치 한 사람의 삶이 다채로운 계절의 흐름 속에서 피워낸 꽃봉오리 같다. 「시처럼 음악처럼」이 선사하는 새들의 지저귐과 봄 햇살 같은 평온한 아침을 상상하게 한다. 하루하루가 한 편의 시이자 음악처럼 아름답게 영글어가길 소망하는 그 마음이 잔잔한 감동을 선사한다.

「첫눈이 오면」은 순수하고 애틋한 그리움으로 물든 사랑의 기다림을 노래한다. 「삼월의 봄」에 이르러 새싹처럼 여린 생명과 사랑스러운 꽃망울, 자유로운 목련화

를 통해 만개한다. 새 생명이 움트는 봄의 '희망의 소리'
에 독자들을 끌어들인다. 시인의 작품은 자연의 섬세한
변화 속에서 삶의 의미를 찾고, 사랑의 소중함과 희망의
끈을 놓지 않는 용기를 일깨운다. 또한, 젊음과 늙음, 희
망과 외로움이라는 보편적인 감정들을 시인의 따뜻하고
사색적인 언어로 아름답게 승화시키고 있다. 이러한 작
품들 하나하나가 시인의 인생 경험과 깊은 감성이 만들
어낸 소중한 선물이라고 생각한다.

서화경 시인의 작품은 독자들에게 잔잔한 위로와 깊
은 공감을 선사한다. 삶의 순간순간을 시처럼 음악처럼
아름답게 살아갈 용기를 전해줄 것이라 확신하며 서평
을 접는다.